詩集

十歳の夏まで戦争だった

若松丈太郎

コールサック社

詩集

十歳の夏まで戦争だった

目次

寂しさに蔽はれたこの国土の、ふかい霧のなかから、
僕はうまれた。
金子光晴

詩集

十歳の夏まで戦争だった

若松丈太郎

一九四一年の記憶

一

もっともはやい記憶はなんだろう

祖父母の家からの夜道で
川向こうの墓地のあたりを
人魂がとぶのを見た
記憶だろうか

上野駅か東京駅か
いずれにしろその階段を

疲れはててしまって
のぼるのがいやだった
記憶だろうか

戦争がはじまるまえのこと
記憶にない記憶がある

祖父母に伴われて
皇居前広場に行ったとき
堪えきれなくなってしまって
立ち小便をしたのだという

祖父母はよほどのこと
困りはててしまって
思いだしてはこのはなしを

して聞かせたのだった

疲れはててしまって
階段をのぼるのがいやだった
記憶はあるのに
立ち小便してせいせいしたはずの
記憶がないのは
どうしてだろう

おなじ情況のなか
再生されることがあるという
記憶にない記憶

二

ほどなく満六歳になろうとする春

わたしは幼稚園に通うことになった
だが　なんにち通園したことだろう

朝ごとに先生が道みちの園児を連れて
幼稚園へと向かうのだったが
なんにちもしないうちに
わたしは登園拒否をしたのだ
先生が来る時間になると
わたしは隠れたのだ

わたしはなじめなかった
みんなでおなじことをすることに
「お遊戯」をしなければならないことに

通いはじめてなんにちもしないうちに

わたしは退園した

こんなことがあった年の暮れ
この国は大東亜戦争をはじめた

三

その朝は祖父母の家にいた
居間の茶箪笥のうえのラジヲが
はやい時間から同じことばをくりかえす
戸が開けられるとまぶしい外光
快晴だ
夜半に降り積もった雪が
朝の光を乱反射している
　大本営陸海軍部発表
　帝国陸海軍は今八日未明西太平洋において

米英軍と戦闘状態に入《い》れり
居間の茶箪笥のうえのラジヲが
同じことばをくりかえす
まぶしい外光
人はなにをどのように記憶し
そして再生するか

櫟の赤い実

十六歳まで暮らした岩谷堂町六日町
屋根に若松洋服店の看板をあげた店で
父と職人たちが仕事をしている

その脇の狭い通し土間を奥へすすむ
右に流し台　かまど　食器戸棚があって
左は天窓のある居間　薄暗い仏間　寝室とつづき
ちいさな池のある中庭に出る
庭の左手に風呂場と便所があって
軒先におおきな櫟《いちい》の木

庭の奥にあった二階建ての離れ　物置小屋　土蔵
これらは戦争中にとり毀して畑などになった

引っ越して半世紀ちかくが過ぎてから訪ねると
こどものときの我が家のまえには
「原敬《はらたかし》夫人旧居」との標柱があった

わたしたちが住むまえは菅野屋旅館であって
あるじ菅野弥太郎の長女浅《あさ》がのちの原敬夫人だという
住んでいたころのわたしはこのことを知らずにいた
浅はわたしの祖父とほぼ同世代の人だ
新橋で芸者をしていて同郷の原敬と知りあったという
原敬の突然の死に際して夫人は気丈にふるまったという
菅野屋旅館はいつごろまであったのだろう
おそらく裏の離れは客室だったことだろう

浅はいつごろまで住んでいたのだろう
浅は庭の櫟の赤い実を食べたことがあっただろうか

高校一年のときから住んだ水沢町には皐水《こうすい》図書館があった
皐水とは郷里水沢にちなんだ斎藤実の雅号である
斎藤実旧宅敷地内の図書館で放課後の時間の多くを
わたしは窓越しに庭園を眺めたりして過ごした

一九二一年十一月四日午後七時二十五分
首相原敬は東京駅丸の内南口で肺と心臓を刺された
「斬奸状《ざんかんじょう》」を懐にした十八歳の若者によって
一九三六年二月二十六日午前五時十分
内大臣斎藤実は四谷仲町の私邸二階寝室で三十六発もの銃弾を浴びた
「天誅《てんちゅう》国賊」と叫ぶ二十代半ばまえの将兵五人によって

ふたつの事件で殺されたのは人だけではなかったはずだ
わたしが生まれるまえと生まれてすぐのことで
これからもありそうなことで
たとえば一九六〇年十月十二日午後三時五分
テレビの映像がゆがむと
狂信的な十七歳の若者の手の短剣がひかって
社会党委員長浅沼稲次郎のふとぶちの眼鏡がずれたのを
リアルタイムで見たように

生まれたころ

大津波がおし寄せてきた
小林多喜二が虐殺されたのが一九三三年二月二十日
それから二週間も経たない三月三日の
三千八人の犠牲者を出した三陸地震津波だ
このころ既にこの国は狂いだしていた
三週間ほどのちの三月二十七日に国際連盟を脱退する

翌一九三四年には追い撃ちのように冷害が襲って大凶作
東北地方の貧しい農村は疲弊しきってしまった
一方で出版法の改正や文部省に思想局を設置するなど

表現の自由への制約弾圧が強められてゆく

わたしが生まれた一九三五年
陸軍の一部と右翼諸団体とが立憲政友会議員と結託し
美濃部達吉貴族院議員の天皇機関説を排斥することで
この国は天皇が統治する国家であるとの国体明徴《こくたいめいちょう》声明を
岡田啓介内閣におこなわせた
立憲主義による統治は死滅することとなった

一九三六年一月十五日にはロンドン軍縮会議から脱退
その四十日あまりのちの二月二十六日に
内大臣斎藤実が皇道派将校によって殺害された

一九三六年締結の日独防共協定にイタリアも加わり
第二次大戦開戦の翌一九四〇年に三国は軍事同盟を調印

こうして枢軸国を形成する深みにはまった結果は
広く深く恐ろしく悲惨な犠牲を招くことになった
このころ金子光晴は詩集『鮫』に書いた

そのいきの臭えこと。
くちからむんと蒸れる、

そのこゝろのおもひあがつてること。

やつらがむらがる雲のやうに横行し、
もみあふ街

（以上、「おっとせい」から）

天が、青っぱなをすゝる。
戦争がある。

（「泡」から）

ながい塀のむかうにあるものは、もはや風景ではない。（「塀」から）

『鮫』「自序」には「よほど腹の立つことか、軽蔑してやりたいことか、茶化してやりたいことがあったときの他は今後も詩は作らないつもり」とある

八十年ほどのちの日々
腹の立つこと、軽蔑してやりたいこと、茶化してやりたいことばかりだ
いや、そんな程度で済まされないことが予想される
あのころ金子光晴はどんな結末を想像したのだろう

開戦の朝の大本営発表

臨時ニュースを申しあげます
大本営陸海軍部午前六時発表
帝国陸海軍は今八日未明西太平洋において米英軍と戦闘状態に入れり

え？　なに？　なんで陸海軍なの？
なんで西太平洋なの？　なんで米英軍なの？
くりかえし放送してるけど誤報じゃないの？
ハワイのオアフ島にある米海軍基地を
帝国海軍の艦載機が爆撃したんでしょう！
真珠湾のあるハワイって東太平洋にあるんでしょう！

お疑いはごもっとも
しっかりと調査しました

帝国海軍艦隊がオアフ島ホノルルの米海軍基地を攻撃したのは
現地時間一九四一年十二月七日午前七時三十五分
日本時間一九四一年十二月八日午前二時三十五分
その一時間五十分まえ
日本時間一九四一年十二月八日午前零時四十五分
現地時間一九四一年十二月七日午後十一時四十五分
帝国海軍艦船の支援をうけた帝国陸軍第二十三旅団が
マレー半島の英国領コタバルで敵前上陸を開始した
大本営は午前六時に発表したのち
午前十時四十分発表で香港とマニラへの空爆を伝え
午前十一時五十分発表でマレー半島への奇襲上陸を伝え

午後一時になってからはじめてハワイ攻撃を発表しました
上海　新嘉坡《シンガポール》　ダバオ　ウェーク　グァムへの攻撃を伝えています

大戦果を挙げた真珠湾攻撃を効果的に利用したはでな報道に
どうやら国民はのせられたようです
みごとな印象操作と意識誘導です

大東亜戦争は大戦果を挙げた真珠湾攻撃ではじまったと
国民は思いこまされました
実際は深夜マレー半島の海岸で上陸を強行して
死者三百二十名　負傷者五百三十八名の犠牲者を出した作戦が発端でした

印象操作するためのあやしげな情報がしばしば発信されます
権力が発信する情報には用心しましょう

国民学校に入学して

一

大東亜戦争開戦の翌一九四二年四月にわたしは就学した
国民学校令実施二年目のため小学校ではなく
改称された国民学校初等科一年に入学した
外壁がスレート張りの二階建て校舎
校庭にしだれ桜の大樹があった

校庭の一隅に奉安殿《ほうあんでん》
そこには御真影《ごしんえい》と教育勅語の写しが保管されていて
そのまえを通るときには立ち止まって

最敬礼をしなければならなかった
講堂の側壁には一時的に使用する奉安庫もあった
朝礼では南に向かって宮城遥拝《きゅうじょうようはい》をした
わたしたちは「少国民」と呼ばれた

国語の教科書『ヨミカタ一』
最初のページは　アカイ　アカイ　アサヒ　アサヒ
次が　コマイヌサン　ア　コマイヌサン　ウン
ほかはほとんど記憶にない

プリンス・オブ・ウェルズとレパルスという
イギリス艦隊戦艦の撃沈を絵本で読んだりした
記憶にあるのは読んだマンガ
のらくろ　タンクタンクロー　冒険ダン吉　日の丸旗之助
トマトの種つぶが腹のなかでどんどん増殖するマンガがあって

トマトが好きなわたしは怖い思いをした

国民学校初等科二年のときわたしは知った
同学年の誠之助くんの父とアイ子ちゃんの父とが
アリューシャン列島アッツ島の守備部隊員として
二千数百人とともに〈玉砕〉したことを
そして戦争を身近なものとして初めて意識した

一、二年のときの担任は男の先生で
授業はごく普通におこなわれたものの
三、四年の担任は女の先生になった
三年のころからか国語や算数の授業が少なくなった
四年のときには授業があったのか記憶がはっきりしない
男の先生は徴兵されたのかほとんどいなくなった
いま考えてみて思うには

職員構成がいびつになっていたのではなかろうか
陸軍の軍服を着た在郷軍人が配属され
わがもの顔にふるまっていた

両足首を握られ二階の窓の外に宙づりにされた級友がいた

隊列行進のとき緊張して一方の腕と足をいっしょに上げて
身体が左右に大きく揺れる級友もいた
おかしくても笑うに笑えなかった

他人のことだけを言えない
はじめて竹刀を持ったとき左手を上にしたら
こっぴどく罵倒された

右手に赤旗　左手に白旗を持って手旗信号を覚えた

ツーツートンツーツー　アーユートコーユー　ア
などとモールス信号を暗記した
プッ　へ　なんてふざけたりもした

放課後にした遊びはよく覚えている
悪漢探偵や隠れごっこはどんな場所ででもやった
わが家の並びの裏側は崖下になっていた
その崖上の木に太縄を縛りつけて垂らして
わたしたちは太縄を手に
足で崖の土を踏んばって上り下りして遊んだ
夏だったら重染寺《ちょうぜんじ》の水門の上流がプール代わり
冬だったら田んぼや道路がリンク代わり
馬橇《ばそり》が締め固めた雪道に水を撒いて凍らせ下駄スケート
学校の坂道はけっこう急でかっこうのスキー場
途中に三つのカーブがあって

下のほうから始めて上達すると上から滑り降りた

二

一九四四年三月十八日「決戦教育措置要綱」によって
国民学校初等科以外は四月から授業停止
同年五月二十二日「戦時教育令」によって
すべての学校と動員学徒のいる職場で学徒隊を結成
初等科三年生もほとんど授業がなくなった

国民学校の教科には国民科というのがあって
修身と国語のほか国史地理
理数科は算数と理科
体錬科は武道はなく体操だけ
芸能科は音楽　習字　図画　工作
初等科四年生はこの十教科を学ぶことになっていた

けれども思い出そうとしても
授業があった記憶がない
すくなくとも四年の一学期は

学校のうしろ山の斜面に植樹したり
田植えや稲刈りやいなご取りなどはまだいいほうで
四キロも離れた開拓地の手伝いに行ったり
荒れ地の開墾や石運びなどもさせられた
両手でやっと持てるほどの大きさの平たい丸石を
河原で拾って背中に背負って
城山の中腹の学校までなんども運びあげて
校庭の周囲に敷いたのだが
なにもさせることがなくなっての
たいして意味のない「つくられた作業」だった気がする
少国民も聖戦遂行のために働けということだったのだろう

三

なかでも松の根掘りはひどかった
一九四四年十月二十三日「松根油《しょうこんゆ》増産対策要綱」公布
戦争を継続するためには東南アジアの石油が必要だったが
制空権も制海権もアメリカ軍に掌握されてしまった
戦闘機や軍艦などを動かす燃料をつくるため
国内各地で松の木の根を掘り出して乾溜して
松根油をつくるのだという
そんなわけで国民学校初等科の体力のないこどもまでが
おおきな松の木の根を唐鍬《とうぐわ》で掘らされた
掘り下げた穴のなかで炎天下に松の根を唐鍬で掘るのだ
松根油ならぬ脂汗がからだじゅうから噴きだしてくる
貧血を起こして失神しても不思議ではなかった

こうして全国でつくられた松根油なのだったが
精製しなければ航空機燃料にならなかった
空襲によって国内の工場がほぼ壊滅したため
松の根掘りは結局のところ無駄働きになってしまった

一九四四年八月四日「国民総武装」を内閣が決定
竹槍訓練がはじまる
敵軍が上陸してきたら
竹槍で立ち向かえというのである
こどもごころにもばかな戦争としか思えなかった

替え歌を覚えて歌った
　きのう召されたタコ八が
　弾丸《たま》に撃たれて栄誉の戦死
　タコの遺骨はいつ還る

骨がないから還れない
　タコのかあちゃん悲しかろ
元歌は「湖畔の宿」で別の歌詞もあった
外国の音楽は敵性音楽として禁止されていたが
友だちの家の手回し蓄音機で
シャンソンをこっそり聞いたことがある

一九四五年になると毎日のように空襲警報
Ｂ29爆撃機の大編隊の上空通過を防空壕から乗り出して見た
それぞれの機体が太陽の光を反射してうつくしかった
夜は燈火管制のために暗い灯りのしたでおびえていた

少国民から皇民へ

紀元節　天長節　明治節　大詔奉戴日
祝祭日の学校儀式には
奉安庫から捧げ出した教育勅語を
校長が恭しく奉読した

王政復古を掲げた一八六七年クーデターによって政権を獲得した明治政府は、史実にもとる神話的な国家観に根拠を与えるため、神道の国教化をすすめた。

一八八二年の軍人勅諭発布によって軍人の思想を統制した山県有朋総理は、一八八九年発布の大日本帝国憲法の骨格を起案した法制官僚の井上毅《こわし》に教育勅語の原案を作成させ、井上は儒学者元田永孚《ながざね》とともに最終案をまとめた。

神話的国家観と主権在君にもとづく教育勅語は、前段で儒教的徳目を列挙したあと、その主眼を後段で呈示している。国民を「朕《チン》カ忠良ノ臣民」つまりは「皇民」と規定し「一旦緩急アレハ義勇公ニ奉シ以テ天壌無窮ノ皇運ヲ扶翼スヘシ」と命じるものである。

「教育ニ関スル勅語」は天皇の言葉として扱い、文部大臣を介して下賜するかたちで、第一回帝国議会開会直前の一八九〇年十月三十日、発布された。

一八九四年、大日本帝国は清国に宣戦を布告し、五十年戦争に踏み込んだ。

教育勅語は皇民教育の思想的基礎としてだけでなく、のちの国家総動員法を正当化するための教典として位置づけられて、多くの国民の命を奪った。

全文を暗唱させられた記憶はさだかではないが
その一部を記憶からよみがえらせることができ
全文をよどみなく読むことができる
教育のおそろしさをつよく感じている

友だちとふざけあって
朕惟《オモ》フニ我カ皇祖皇宗国ヲ肇ムルコト　を
チンコ惟フニ我ガコソコソト国ヲ肇ムルコト　と
言い換えてみたり
一旦緩急アレハ　を
一旦緩急アレ　バカマツ　などと
言いあった記憶がある

あれから七十五年が過ぎた二〇一七年
五歳ぐらいの園児が
その意味を理解できるはずがないのに
教育勅語を暗唱させられている
そんな幼稚園が実在すると知って
おぞましさにわたしは怒りをこらえきれなかった

二〇一七年三月三十一日　政府は答弁書を閣議決定した
「教育勅語を教材として用いることを否定しない」と
重ねて四月七日、文科副大臣は国会で答弁した
「教育基本法に反しないかぎり
教育勅語の朗読は問題のない行為である」と

日本国憲法や教育基本法に
教育勅語は抵触し違反するものだ
憲法前文で表明した決意に反するものだ
憲法が保障する国民主権を否定するものだ
どんなケースが「反しない」と言えるのか
おぞましさにわたしは怒りをこらえきれない

この国はいま戦前状態なのだ
二歳年長の天皇の思いをその行動から

なるほどとわたしは感じることができている気がする
天皇が退位を望んでいるのは
健康問題だけが理由ではあるまい
あれから七十五年が過ぎた二〇一七年

紙くずになった戦時国債

仏壇下の抽斗《ひきだし》の奥から一九四二年ごろの債券が出てきた
報国債券やら
戦時貯蓄債券やら
大東亜戦争割引国庫債券やら
戦時報国債券やら
名称はさまざまだが
戦争資金調達のための戦時国債だ
ほとんどは利札が切り離されないままだ
利子の受取りをあきらめた債券だったのだろう
くらしに余裕のなかった父がどうして持ってたのか

不思議だったけど

そろって国民貯蓄へ
一人一人が一枚でも多く買ひませう
割増金附貯蓄債券　報国債券　一枚十円五円

こんな売り出しポスターをつくって
表向きはかっこいいこと言いながら
貧しい庶民を苦しめていたのだ

細民にして尚且つ債券を割当て来れば、涙を振って購ひ、すぐ質屋に走る始末だ。
（一九四三年四月大阪市内発信大阪控訴院検事長宛書信）

町会ヤ隣組ヨリ債券をむりやりに買され、もしも買ふ事が出来ない人ハ非国民（ト申サレ）、又ハ町内ヨリ他ノ方へ転宅セヨト町会長ヤ組長様ヨリ申サレ、其ノ上配給品ヲ停止スルゾト申サレマス。私ノ家ノ様なビンボーノ者ハ誠に誠にこまります。私ハ、一日モ早く戦争がすめばよいと思います。

（一九四二年十月大阪市内発信東条首相宛書信）

日本が無理な戦争をやって居るから、保険に入れとか貯金せよとか言って個人を苦しめねばならんのぢゃ。個人あってこそ国家があるので、個人が立行かぬ様になっては国家も其の存立を失ふ。

（一九四四年四月岡山県男性の発言）

くらしに余裕などなかった父は
割り当てられた町会や隣組から強制され
「涙を振って購」ったのだろう
これも「滅《めっ》私《し》奉公《ぼうこう》」のひとつか
怨嗟のうめき声が国じゅうに満ちみちていたことだったろう

価格統制やら配給制やら国債発行やらで

戦時インフレを抑えていたものの
一九四三年ごろからインフレが進行して
敗戦をはさんで
一九三五年ごろからの二十年間のインフレは三百倍強
一九四六年二月十七日に金融緊急措置令を施行して
新円発行と旧円封鎖をおこなったものの
インフレの進行は止まらないで
戦時国債は紙くずになってしまったのだ
父が所持していた利札がついたままの債券は
国民がわずかばかりではあってもなけなしの財産を
国家によって詐取された証拠物件だったのだ

いま国の借金の総額は一千六十二兆円を超えて
さらにふくらんでいる
これってどうするんだろう

制服のボタンが真鍮から木に

一九四一年に「金属類回収令」が施行され
一九四二年に「資源特別回収実施要項」が定められた
隣組などを介して「供出」という名目で
なかば強制的な金属類の回収がおこなわれた
鉄瓶など日用品までも供出させられた

火箸　五徳　十能　自在鉤《かぎ》
燭台　花器
火鉢　薬缶《やかん》　鍋　鉄釜
五右衛門風呂

鋏《はさみ》　鋸《のこぎり》　鉋《かんな》　鑿《のみ》　鉈《なた》
鏝《こて》　熨斗《のし》　アイロン
鋤《すき》　鍬《くわ》　唐鍬　鎌
箪笥《たんす》の取っ手　蚊帳の釣り手
灰皿　煙管《きせる》　バックル
鉄柵　店の看板
鉦《かね》　鐘《かね》　梵鐘《ぼんしょう》
銅像

金偏のものはなんでも
銅板葺きの屋根板を供出した家もあった
小さいときゴム長靴にベルトで固定して滑ったスケートも
ブリキのおもちゃも供出だ
最悪事態を想定しないで戦争をはじめたせいだ

抜いた釘を叩いてまっすぐ伸ばして使った
鉄釜が土釜になった
鉄の竈《かま》が土竈になった
五右衛門風呂が木風呂になった
マンホールの蓋が鉄製からコンクリート製に
金偏のものはなんでも
学校の制服のボタンまで真鍮《しんちゅう》から木になった
校庭の二宮金次郎が銅像から石像になった
鉄道の複線区間のレールが外されて
単線になった路線が各地にあったという
寺の梵鐘がなくなったかわりに
昼も夜もなくサイレンが鳴り響くようになった
「警戒警報発令」のサイレンだ
「空襲警報発令」のサイレンだ

本土空襲や艦砲射撃がはじまると
第一の標的は八幡製鉄所や釜石製鉄所などだった
そして軍需関連工場は操業不能な被害を受けた
精製しなければ航空機燃料にならなかった松根油と同様に
回収した金属類は国内の工場がほぼ壊滅してしまって
集積された梵鐘の山は戦後も野ざらしにされていた
戦争は資源浪費の最たるものだ
金属の巨大なかたまりを海底深くに沈めたりして

食糧不足と配給制度

食糧事情が悪かったことを思い出すときがある
食べたい盛りにお腹を空かしていた戦中戦後
いつのころから食べものが不足したのだろう

岩谷堂国民学校の通信簿は
高等科二年まで八年間連用する二〇ページの冊子
その「身体の情況」のページのわたしの記録

学年	身長（糎《センチ》）	体重（瓩《キログラム》）
初一	一一二・一（一〇八・一）	一七・〇（一八・三）
初二	一一六・二（一一三・二）	一三・二（一九・三）

初三　一二一・九（一一八・〇）　二〇・八（二一・七）
初四　一二五・七（一二三・六）　二二・七（二三・七）
初五　一二八・一（一二七・〇）　二四・〇（二六・〇）
小六　一三二・二（一三一・〇）　二六・一（二八・二）

　カッコ内は文部省発育標準の数値
　初二の欄に　要養護　栄養補給　栄養要注意
　初三の欄に　扁平胸　要養護　姿勢ヲ正シク

初等科二年の体重が一年のときよりも四キロ近くも少ない
でも二年の欄には「本学年間皆勤賞」の朱印が捺《お》してある
病気をしたわけでもないのだから
食べもの不足のせいだったのだろう
ちなみに欠席日数は一年のとき一日
あとは三年のとき五日　四年のとき五日　計一一日
授業がほとんどなかった三、四年のはずる休みかもしれない

開戦翌年に「食糧管理法」が制定され
「米穀配給通帳」が各戸に配られた
米や麦類を自由に買えなくなって
のちには雑穀も芋類までも配給制になったとか
一九四三年の「家庭用塩購入票」によると
毎月一人に二〇〇グラムの塩が配給されている
あらゆる食品の販売が統制されたと言える

ことに戦後がひどかった
米飯が減って雑炊やつめり（すいとん）が多くなった
さつま芋や二度芋（ジャガイモ）や南瓜だけの食事も
学校から五分ぐらいで帰れるほど家が近かったので
許可を得て昼休みに帰宅して雑炊などをすすった

食品だけではない
「衣料切符」があったことを記憶している
煙草も成人一人に「金鵄《きんし》」五本が配給された
喫煙しなかった父にも配給され
一時は口にくわえていた

家族は七人
父は洋服店を営んでいて
住み込み職人は多いときで四人
もとは旅館だった建物で暮らしていた
離れの客室　土蔵　物置が少しずつ取り壊された
固定資産税を減額するためだったのだろうか
跡地は二度芋や南瓜の畑になった
鶏や兎を飼った
ときどき父が鶏や兎を捌《さば》くと肉料理が食卓に出た

あるとき野菜炒めの皿が食卓に置かれた
だいじな食用油を使った料理なのに
涙が出てきて食べることができなかった
いがらっぽくて喉に入ってゆかなかった
母は二度芋の葉を食べようとして炒めたのだった
野菜の芯や茎や蔓や皮などを
さらには野草や虫などを
国は「決戦食」と称して奨励していたらしい
二度芋の葉もそうだったのだろう

とうきび（玉蜀黍）はご馳走だった
父はわたしを春はわらび採り
秋はきのこ採りに連れて行ってくれた
初茸や網茸など食べられるきのこはなんでも採った

いなご取りもした
いなごの佃煮はおいしかった
あんず、栗、柿はもちろんのこと
熟したくゎご（桑の実）や桜の実も食べた

食糧事情が悪いなかで
祖父母の家で祝いごとや法事があると
お手伝いのおばさんたちが来て
さまざまなご馳走をつくるのだった
くるみ餅や雑煮や煮しめがおいしかった

一九四五年八月九日のこと
ちゃぶ台を母と妹たちとで囲んで
ちょうど昼ごはんを食べはじめた時間
空襲警報があって

食卓に覆いもかけないで防空壕に逃げ込んだあと
ズシンとひびく振動があった
わたしたちの町に一発の爆弾が投下された
二百メートルほど離れた軍需工場わきの田んぼで
草取りをしていた人が死んだ
空襲警報が解除されて家に戻ると
天井の煤がごはんのうえに降り落ちていた
ゴマではなく煤の振りかけごはん
珍しくその日は米のごはんだったのに
食べるのをあきらめたごはんが恨めしかった
爆弾で死んだ人をおもいやるよりも

戦後は弁当を持って登校できず
家が近かったので許可をもらって
昼食時間に帰宅して雑炊や芋を食べた

隣組のみんなでトラックの荷台に乗って
姥石高原に行ってわらび採りをしたこともある

七〇年が過ぎたいまも
地球上には戦争があって
いのちにかかわる飢えに脅かされている
多くの子どもたちがいる

満十一歳からは青壮年国民として登録

マイナンバーってなに？
一億総活躍社会ってなに？
戦争ができる国ってなに？
こんな問いに答えるかのように
古い机の抽斗の底から出てきた一枚の紙片

茶色いインクで印刷された縦一八センチ横一〇センチの粗末な紙
「青壮年国民登録済証」
一九四二年九月三十日現在で提出した登録の控え証
該当者は満十六歳から二十五歳までの独身女性

男性の該当者は満十一歳以上四十歳未満だ

日中戦争が全面化長期化すると
「帝国臣民ヲ徴用シテ総動員業務ニ」就かせるため
国家総動員法・国民徴用令を公布した
この流れのなかで太平洋戦争開戦直前には
国民勤労報国協力令を一九四一年十一月に公布した

戦況が悪化し学徒戦時動員体制確立要綱を閣議決定
女子挺身勤労令を公布して
十八歳から四十歳までの女性を軍需工場に動員した
敗戦まぎわには国民勤労動員令を公布して
「国民皆働」を口実に病人までも動員の対象にした

挙句の果てには十七歳未満の少年兵を新設し

十七歳以上の女性に義務兵役を課し
「一億国民ヲ挙ゲテ光栄アル天皇親率ノ軍隊」にと
「国民総武装」を喧伝して竹槍を持たせた
「一億玉砕」を喧伝してベニヤ板製の舟艇に乗せた

子どものころに爆弾三勇士の絵本を読んだ
彼らはつくられた英雄だったことを戦後に知った
メディアまでもが国策に加担したのだ
爆弾三勇士の姿に重なって見える
爆弾をくくりつけられた砂漠の国の少年少女が

父が召集される

明治政府が発足してわずか数年後
一八七三年一月十日　徴兵令を布告
それから半世紀後の一九二七年四月一日
日本は徴兵令に代えて兵役法を公布
二十歳以上の全男子に徴兵検査を受ける義務を課した

徴兵検査の結果によって
甲種　第一乙種　第二乙種　丙種とランク付けした
丁種は兵役に適さない不合格者である
甲種合格は名誉なこととされた

一方で徴兵される可能性はもっとも高かった

一九四〇年代に入ると
戦争が長期化し
戦線が拡大し
「祝出征　□□□□君」と大書した幟が掲げられる日が多くなった
向かいの雑貨屋のおじさんも
隣の金物屋のおじさんも
店で働いていた職人さんも
つぎつぎと出征していった

祖父は製材所を営んでいた
父は丈夫とは言えない子どもだったらしい
祖父は父が三男でもあったので
父を洋服店の住み込み見習いとして修業させた

独立して店を持った父は腕が確かだった
四人の見習い職人が働いていた
そんな父は第二乙種合格だった
よもや召集されることはないだろう
そう考えていたのではないか

徴兵検査受検者のうち徴兵された人の割合は
一九三七年では四分の一ほどだったものが
一九四四年には七七パーセント
一九四五年には九〇パーセント
だったと資料は語っている

一九四四年には徴兵年齢を満十七歳に引き下げ
加えて沖縄など「前縁地帯」に居住する少年を
十四歳から十七歳の中学生を

志願させて「防衛召集」した
千七百八十人の少年兵の半数が沖縄で戦死したという
惨いということばでも表現しきれない作戦だ
少国民までを動員する狂気の「国民皆兵」の現実だ
国民のいのちを「もの」として消耗する戦争の現実だ

三十歳代で第二乙種合格の父にも赤紙が来た
横須賀の第一海軍区からの召集令状だった
戦争末期の横須賀では新兵の教練ができなかったらしい
乗り組むべき艦船はあろうはずもない
二等水兵である父からほどなく届いた葉書
その住所は秋田県田沢湖畔の町だった
田沢湖というミズウミのほとりに父は配属されたのだ
駐屯先でなにをしていたのかあとで訊ねたことがある
父の返事は「畑仕事」だった

海軍の新兵がミズウミのほとりで畑を耕していたのだ

同じころ岩手県岩谷堂のわたしたちの町に
陸軍八甲田連隊の一部隊が駐屯してきた
父が徴兵されたものの行き場がない水兵だったように
彼らも行き場のない歩兵たちだった
父が秋田県の山中で畑仕事をしていたころ
彼らは岩手県で崖を切り崩して道路を造った
川沿いのその道は「八甲田切り通し」と呼ばれた
川の上流と下流の往き来が便利になった

八甲田部隊の兵士たちの多くは秋田県の人たちで
田沢湖のほとりから来たひとがいたことを知った
「この戦争はバカな戦争じゃないか」
十歳のわたしにさえもそう思えてならなかった

国としての組織や機能がすっかり破綻して
細胞の一部がかってに動いていたのではなかったか
敗戦後に父はうす水色の毛布を一枚持って復員してきた

神風特別攻撃隊

七、八歳のころ『爆弾三勇士』の絵本を読んだ
わたしが生まれるまえの戦争のさなか
鉄条網を破壊して敵陣への攻撃路を開くため
点火した爆薬筒を抱えた三人の兵士が自爆した実話だ

このときの爆薬筒は竹筒で作られたものという
子どものときに戦争があって
本土決戦のさいには竹槍で敵兵に立ち向かえと
わたしたちは教えこまれたものだった

爆弾三勇士
人間魚雷
神風特別攻撃隊
KAMIKAZE

近世から伝えられている相馬野馬追
その中心行事の祭場地を雲雀ヶ原と言う
雲雀ヶ原から南西にかけての太田川扇状地に
かつて陸軍の原町飛行場があった

一九三九年農家六十九戸の土地を強制徴収
翌年熊谷陸軍飛行学校所管原町飛行場開設
日米開戦をはさんで一九四二年鉾田陸軍飛行学校移管
十五歳以上の若者たちが入校して訓練を受けた

開戦から二年が経過して戦局は悪化した
一九四三年十一月には挺身飛行団東部一一七部隊
別称第一滑空飛行隊を併設して
原町飛行場は特攻兵の錬成場に変質する

神国日本と言い　神州不滅と言い
信じこませることの罪ぶかさを思う
神風を吹かせるための人身御供《ひとみごくう》として
国家が若者たちを奉りあげた

一九四四年に鉾田教導飛行師団原町飛行場と改称
特別攻撃隊の勤皇隊・鉄心隊・皇魂隊を結成して
十二月五、七、十、十六、十八、二十九日、一月六、八、十日
フィリピンのレイテ島沖の米艦に向けて出撃した

一九四五年には本土決戦特別攻撃隊錬成基地として
陸軍航空特別攻撃隊第四十五、六十三、六十四振武隊を編成して
五、六月に日本近海の米艦に向けて出撃した
さらに神州隊と国華隊を編成したものの敗戦となる

ひとを神格化し生贄《いけにえ》として利用する
KAMIKAZE　suicide attack
滅私奉公とも奉国とも言い殉死や殉教を強いる
自死を強制する権利がだれにあるというのか

一九七二年　テルアビブ空港乱射事件は
爆弾三勇士やKAMIKAZEを蘇生させた
なにがだれが若者たちをかりたてるのか
なにがだれが若者たちを追いこむのか

ひとはさまざまなものに違いを見いだして分類した
民族をつくり階級をつくり
差別して貧富をつくった
国境をつくって長城や壁を築き戦争をした

二〇〇一年九月十一日　ＮＹとワシントンＤＣ
前世紀が生みだした病が重篤となって
新世紀になって広く感染症パンデミックが発生した
二〇〇五年ロンドン　二〇一五年パリ

都市への絨毯《じゅうたん》爆撃や核爆弾の投下によって
市民を無差別に大量殺戮したように
自爆テロも政治家などの暗殺から変質して
市民を対象とする無差別大量殺戮に移った

二〇一六年にはバグダード　カブール
イスタンブール　ブリュッセル　ラホールほか
その中心街　市場　地下鉄　空港　サッカー場などで
さらには　自爆の場所がどうして遊園地なのか

十歳前後の少年や少女に
自爆ベストを着用させ
遠隔操作で爆発させる
そんな権利がだれにあるというのか

国家も宗教も思想もひとがつくりだしたもの
いのちを軽んずる国家や宗教や思想を
強制する権利がだれにあるというのか
そんな国家や宗教や思想を承認できるだろうか

同級生の父が玉砕

一九四三年五月三十一日
アリューシャン列島西端のアッツ島
米軍による空爆　艦砲射撃　上陸作戦によって
日本軍守備隊員二千六百三十八人が戦死した

ほぼ一年まえの一九四二年六月八日
米領アッツ島を日本軍が占領
米国本土攻撃のための空軍基地建設を開始した

一九四三年五月三十一日

大本営発表を報じた新聞各紙の見出しの一部
　アッツ島に皇軍の神髄を発揮
　寡兵、十倍の大軍を激撃
　全将兵壮絶夜襲を敢行玉砕
　一兵も増援求めず、莞爾として死に邁く
　敵胆奪ふ大和魂
　銘せよ、この気魄
　銃後一丸英霊に応へよ

国民学校初等科二年のわたしは知った
同学年の誠之助くんの父とアイ子ちゃんの父
ふたりがアッツ島で玉砕したことを
そして戦争を身近なものとして初めて意識した
玉砕した将兵のなかに同級生の父親がふたりも

どうしていたのだろうと心にかかった

のちのちまでも心にかかったので確かめてみた
守備隊の主力は盛岡部隊によって編成され
玉砕の二か月まえアッツ島に上陸したとき
米軍の攻撃を受けて兵力の過半を失っていた

上陸後も援軍や武器　弾薬　物資の補充がなく
「一兵も増援求めず」ではなく
失敗した作戦のため見捨てられての玉砕だった

大東亜戦争と称しアジア全域に戦線を拡げたものの
連合軍の反撃を受け戦線を維持できなくなった
皇軍を全滅させた軍上層部の責任回避のための
大本営による「玉砕」発表だった

遠いむかしの鎌倉時代
一二七四（文永十一）年と一二八一（弘安四）年
元の軍勢が大船団で攻め込んできた
その二度とも暴風雨があって
元の船団は撤退せざるをえなかった

十月と閏七月のことだったので
猛烈な台風だったのだろう
だがこの国の人びとは思いこんでしまった
「神風が吹いて神国を護ったのだ」と

「二度あることは三度ある」
この国は神国なので戦争のときには
「必ずや神風が吹く」と神がかってしまった

真珠湾攻撃や
マレー半島沖海戦など
緒戦の皇軍の連勝に国民は歓喜した
アジア太平洋地域の地図の島々を赤く染めて
戦線の拡大を喜んでいられたのは短期間だった

神風はいっこうに吹かなかった
たとい猛烈な台風が襲ったとしても
一三世紀の木造船と違って
二〇世紀の艦船に支障などあるはずもない

相手国が降伏してくれるならともかく
相手国が強大であれば国力を反攻に傾注する
戦争は始めてしまったら止めようがない

一九四三年二月一日のガダルカナル島撤退以降
形勢は逆転し一方的な経過をたどった

占領地は包囲されて援軍もなく孤立し
次々に奪還された
一九四四年　サイパン島　テニアン島　グァム島
一九四五年　硫黄島　沖縄諸島　みなしかり

神風が吹かないのであれば
神風を起こすのだと
神風特別攻撃隊が編成された
ひとそのいのちとをモノとして扱った

退くに退けない状況に陥って
「一億玉砕」

「一億総特攻」
「一億一心　火の玉だ」

大本営発表は自軍の被害を微少に報じ
敵軍の損害を水増しして発表した
大本営発表はウソとゴマカシばかりだった
ウソを真実めかして報道すると〈真実〉になる
報道が管制され国民は真相を知らされなかった

本土空襲が頻繁にそして激しくなっても
敵機を迎撃できない実況を目のあたりにして
小国民のわたしたちさえ気づきはじめていた

敗戦後にラジヲ番組「真相はこうだ」が放送された
台風が襲ったのも敗戦後のことだった

一九四五年九月十七、十八日　枕崎台風
一九四七年九月十四、十五日　キャサリン台風
一九四八年九月十五、十六、十七日　アイオン台風
アメリカ女性の名とされるふたつの台風は
北上川とその支流人首《ひとかべ》川を氾濫させ
わたしたちの町のまわりの水田を冠水し
わたしたちのくらしを苦しめた

無差別大量殺戮

一

家族で昼ごはんを食べはじめた時間
空襲警報があって防空壕に逃げ込んだ
ズシンとひびく振動があった
岩手県江刺郡岩谷堂町から二〇キロほど北西の
後藤野飛行場を爆撃した帰途の米軍艦載機が
疎開してきたもののまだ稼働していない
中島飛行機の部品工場を標的にして
一発の爆弾を投下したのだった
工場近くの田んぼで除草していた夫婦が

空襲警報に気づかなかったのか逃げ遅れて
ひとりが爆弾の破片を受けていのちを落とした

空襲警報が解除されて家に戻ると
天井の梁から煤が降り落ちていた
ごはんのうえに黒ゴマを振りかけたように
食べ盛りのわたしには忘れようがない記憶になった
一九四五年八月九日のことである

同じ九日に釜石製鉄所を標的とする艦砲射撃があって
三百人を超える住民が死亡した
一か月あまりまえ七月十四日の艦砲射撃では
五百人以上の死者が出ている
釜石がほぼ壊滅したと知ったのはのちのこと
同じ九日に長崎に核爆弾が投下されたことも

翌八月十日も岩谷堂町に空襲警報が出された
防空壕のなかにまでズシリとひびく飛行機音
防空壕の入口からのりだして見た
どこかのおじさんに叱られたけれど
頭上を十機あまりの編隊が機体で光をはじいて
北へ向かって飛んでいてうつくしかった
この日午前の一関空襲では駅が標的になり
十代の少年鉄道員など三十四人が犠牲になった
この日午後の花巻空襲では市街地が壊滅した
死者四十二人と負傷者約百五十人
焼失したり倒壊した家屋七百三十棟
わたしが見た編隊は一関から花巻へと移動していたのだ
敗戦五日まえのことである

ちょうど一か月まえの七月十日には

南の夜空が夜どおし赤く燃えつづけるのが見えた
仙台市は百機を超えるＢ29による空爆を受けた
千人を超える死者と四百人にせまる負傷者があり
二千五百戸近い家屋が焼失した

二

岩谷堂町に空襲警報が出た八月九日と十日には
福島県相馬郡原町も艦載機による空襲を受けた
「鉾田教導飛行師団原町飛行隊」が置かれ
原町飛行場は特攻隊員の錬成基地となっていた
八月九日は午前十時と午後一時過ぎに来襲
爆弾四十九発二二トンを投下した
飛行場や原町紡績と帝国金属の工場
原ノ町駅と機関庫などを標的にした
この日の空爆で住民三人が死亡した

爆弾の破片を受けた高橋イクさん
機銃を浴びた木幡貢さんと孝夫さん
四歳の孝夫さんは「水飲みでぇ」といいながら死んだ

またこの日に後藤野飛行場から出撃した特攻機があった
その一機に搭乗していたのが渡辺秀男さん
目標の米軍艦船を発見できなかった彼は
かつて訓練を受けた原町飛行場に機首を向けた
灯火管制をしている夜八時過ぎのため
飛行場の位置を確認できないまま
飛行場に近い矢川原の山林に墜落した

八月十日は午前九時から正午過ぎの四波まで来襲
原町に七十三発の爆弾四三トンを投下した
飛行場駐留の双発機などを破壊

原ノ町駅構内の機関車や車輌を破壊
機銃の銃座台などを製造していた帝国金属を廃墟にし
原町紡績の工場と倉庫を炎上させた
原町国民学校や相馬農蚕学校からも火災が起きた
原ノ町駅と機関庫勤務の六人が死亡した
原ノ町駅助役の小林安造さん
鉄道技術官補だった四人
志賀照雄　酒本幸蔵　二上兼次　高橋直さん
原ノ町機関区で技師見習だった十六歳の新妻嘉博さん
原町紡績は敗戦後まで五日あまり燃えつづけたという

特攻隊員錬成基地があったため
原町への空襲は早くからあった
一九四五年二月十六日朝八時四十分
警報が発せられる間もなく

飛行場と隣接する紡績工場とが空襲された
十一時ごろと午後とあわせて三波の空襲があった
機銃掃射を浴びるなどして四人が死亡した
十九歳の女子挺身隊員大原ヨシ子さん
二十二歳の女子挺身隊員星スズイさん
相馬商業四年生で動員されていた十八歳の斎藤和夫さん
原町国民学校訓導で動員学徒の引率だった鈴木小松さん
鈴木小松さんの命日は三日後の二月十九日
星スズイさんの命日は十七日後の三月五日

原町への空襲はこれ以外に日数だけで十日以上あって
敗戦の前々日の八月十三日にも
午前二回と午後一回あったと記録されている
飛行場関係者に相当数の死者があったと推測される
だがその全貌は明らかにされていないようだ

三

日本本土への米軍による最初の空襲は
開戦からわずか四か月後
一九四二年四月十八日だった
海軍航空母艦ホーネットの艦載機が
東京　川崎　名古屋　四日市　神戸などを襲った
一九四四年六月十五日の八幡製鉄所爆撃は
中国の成都から飛来したＢ29爆撃機によるものだった
早い時期の空爆は軍需工場などが標的だったが
一九四四年十月十日には沖縄全域を標的にした
そしてマリアナの米軍基地を発進したＢ29が
十一月二十四日に東京に飛来したのだ

四

一九九七年二月二十五日わたしたちは訪ねた

スペイン国立ソフィア王妃美術センターを
制作されてちょうど六十年の「ゲルニカ」
縮小された画集では失われてしまって
読みとること感じとることができないものを
パブロ・ピカソがタブローに込めたものを
そのまえに立って受けとめることができたと思う

ゲルニカはスペインバスク地方の町の名である
一九三六年にスペインでは軍事クーデターが起き
人民戦線との内戦がつづいた
ドイツ空軍はフランコ将軍を支援して
地方自治の中心的存在であるゲルニカを爆撃した
一九三七年四月二十六日のことである
月曜のこの日は市が立って町が賑わう日だった
午後四時三十分空爆が始まった

七時四十五分まで二十分間隔の波状攻撃を実施し
二百発の爆弾と六千発を超える焼夷弾を投下した
まず爆撃機が絨毯爆撃で民家など建造物を破壊し
次いで低空飛行の戦闘機が市民を機銃掃射し
最後に爆撃機が焼夷弾を投下し大火災を発生させた
六千人あまりの人口のほぼ三分の一
二千人近い住民がこの空爆によって死亡した
中心市街地の住居の七〇パーセント
公共施設や商店のほとんどが焼失したという
この空爆にイタリア空軍が協力している
ゲルニカよりまえ一月四日にビルバオが
三月三十一日にドゥランゴがそれぞれ爆撃されている

一九三七年は記憶すべき年である
焼夷弾の本格使用とともに

非武装都市に対する絨毯爆撃を開始し
非人道的な無差別大量殺戮の時代に踏み込んだ
このことを記憶すべき年である

五

一九三七年は別のことがらによっても記憶すべき年である
ゲルニカ空爆から七十二日過ぎた七夕の夜
北京南郊の盧溝橋で日本軍と中華民国軍とが衝突した
日本の十五年戦争は第二段階に踏み込んだのである
十二月十三日に日本軍は南京を占領し
その後の一か月あまりの間に捕虜と一般市民を虐殺した
その数は定かでなく三十万人とも言われている
拉致　強姦　略奪　放火もあったという

二〇〇一年十月十五日わたしたちは南京を訪ねた

六十四年まえと同様に城壁に囲まれている街に
侵華日軍南京大屠殺遭難同胞記念館を訪ねた
壁面に大書されている
「遭難者３０００００」とも
「前事不忘　后事之師　以史為鑿　開創未来」とも
館内には万人坑遺址が保存されている
そこには押し重ねられ穴埋めされた
六十四年まえの人びとがいて呻き声をあげていた
構内の全国青少年教育墓地には
十字架のような塔が建てられていて
「1937.12.13–1938.1」と刻まれている

中国が重慶に南京から首都機能を移すと
日本軍は重慶への空爆を断続的にくりかえした
一九三八年末から四〇年代初めまでの長期間に及んだ

当初は軍中枢に打撃を与えることが目的だったが
やがて市街地の絨毯爆撃へと変わった
そのため犠牲者のほとんどが民間人だった
死者一万人を超える非人道的な無差別大量殺戮だった

六

都市への爆撃は第一次大戦中からはじまった
一九一七年五月二十五日と六月五日
ドイツの爆撃機がロンドンに向かったが
悪天候などで爆撃目標を変更した
ロンドン初空襲は三度目の六月十三日である
死傷者は六百人ほどに達し
死者の四分の一を超える四十六人が子どもだった
ドイツ軍は一九一八年の戦争終結までに
イギリス国内の都市を二十二回空襲して

総量にして八五トンの爆弾を投下した

一九三九年に第二次大戦がはじまると
一九四〇年八月十二日に
ドイツ空軍はイギリスの軍事施設の爆撃を開始し
八月二十三日にはロンドンを空爆した
するとイギリスは翌二十四日にベルリンを空爆した
激怒したアドルフ・ヒトラーはロンドン空襲を命じ
九月七日から六十五日間連続して
ロンドンを夜間に無差別絨毯爆撃しつづけた
四万三千人の民間人が死亡し
百万人以上が住居を失った
一方のイギリスも九月二十四日以降
断続的に翌年までベルリン空爆をつづけた
空爆の報復合戦へとエスカレートしたのだ

一九四五年二月十六日
原町が初空襲を受けて四人が犠牲になった
その三日まえの十三日夜から十五日にかけて
ドイツの古都ドレスデンが空爆で壊滅した
まず夜十一時過ぎからイギリス空軍が爆撃を開始した
二百四十機の爆撃機が大量の爆弾と焼夷弾を投下した
次いで午前一時過ぎから五百機の爆撃機が来襲した
十四日正午と十五日にはアメリカ空軍が空爆した
のべ千三百機の爆撃機が三、九〇〇トンの爆弾を投下
人道にもとる無差別大量殺戮だった
死者は三万五千人とも　一説には十三万人超とも言う
火災は四日間も燃えつづけ
市域の八五パーセントが壊滅した

破壊されたフラウエン教会が二〇〇五年に復元され

二月十三日ドレスデンで空爆六十周年式典があった
その二年後二〇〇七年五月十四日から十六日まで
わたしたちはドレスデンを訪ねた
フラウエン教会でオルガンコンサートがあって
わたしはバッハを全身でうけとめた
エルベ川から街の景観を望み
ゼンパーオーパー
レジデンツ城
ツヴィンガー宮殿とそのアルテマイスター絵画館を堪能
アルベルティヌムにあるノイエマイスター絵画館も
そしてひっそりたたずむ聖十字架教会で心を鎮めた

七

焼夷とは焼き払うとか焼き尽くすという意味だ
目的をより効果的に達成するために焼夷弾は進化した

テルミット焼夷弾　エレクトロン焼夷弾
油脂焼夷弾　ナパーム弾　黄燐焼夷弾
そして落下途中で広く分散するクラスター焼夷弾
はたしてこれを進化と言っていいのだろうか

米軍による日本本土初空襲の日
一九四二年四月十八日に東京も空襲を受けた
その後も断続的に東京は空襲を受けつづけた
一九四五年三月十日夜
高度二、〇〇〇メートルほどの低空から
木造家屋が密集する東京の下町に
焼夷弾を集中投下する無差別爆撃がおこなわれた
死亡者十万人から八万人　負傷者もほぼ同数
焼失家屋二十六万八千戸
この三月十日　東京空襲が新しい局面に入った

四月十三日は渋谷や豊島方面と深川や向島方面中心に
死亡者二千五百人　焼失家屋二十万戸
四月十五日は城南と京浜地区を中心に
死亡者千人弱　焼失家屋七万戸弱
五月二十四日は麹町　麻布　牛込　本郷など
死亡者八百人弱　焼失家屋六万五千戸
五月二十五日は四谷　牛込　麹町　赤坂　世田谷　中野
死亡者三千五百人超　焼失家屋十六万六千戸
四月十三日から五月二十五日の四日だけで
死亡者七千七百人　焼失家屋五十万戸に及ぶ
大規模無差別な殺戮と破壊だった

大阪大空襲は三月十三日と十四日だった
市の中心部二一万平方キロ内の十三万五千戸が焼失
三千人を超える市民のいのちが奪われた

連日どこかの都市への空襲がつづいた
大都市だけでなく国内のあらゆる集落が空襲された
と言っても過言ではなかった

八

一九四四年十月十日
米軍は沖縄を大規模に初空襲した
爆撃と艦砲射撃とによる鉄の暴風が吹き荒れた
一九四五年三月二十六日
アメリカ軍はまず慶良間《けらま》島に上陸し
四月一日に沖縄本島に上陸した
放射器の火炎があらゆるものを焼き尽くした
沖縄住民約十万人　日本軍十数万人が犠牲者となった
沖縄慰霊の日は戦闘が終焉した六月二十三日

一九八四年三月二十七日から二十九日まで
わたしたちは四十年が過ぎた沖縄の戦跡を訪ねた
守礼之門と日本軍司令部壕跡　玉陵
首里高校の一中健児之塔　嘉手納《かでな》基地
座喜味《ざきみ》城《ぐすく》跡　読谷《よみたん》飛行場　村立歴史民俗資料館
金城次郎さんの窯を訪ねダチビンをひとつ
万座毛《まんざもう》　中城《なかぐすく》跡　中村家　そして
玉城《たまぐすく》村《そん》糸数《いとかず》のアブチラガマを訪ねた
南無糸数軍民慰霊参拝之塔と書かれた塔婆が
大東亜戦争沖縄戦線戦没者之墓に供えられていた
ガマのなかの石のうえに人骨二つが置かれていた
戦争によっていのちを奪われた人びとの冥福を
掌をあわせて祈る
最後に　ひめゆりの塔　県立平和祈念資料館

九

通常爆弾や焼夷弾の投下だけではなかった
一九四五年七月二十日午前八時三十四分
福島市郊外渡利の田んぼに一発の爆弾が落下した
直径三五メートルの穴が開き
近くの田で草取りをしていた十四歳の少年
斎藤隆夫さんが死亡した
同じ日の郡山市は天候不良のため投下しないで
南下して東京駅北東の呉服橋に投下した
七月二十六日には平市の国民学校に投下
校舎が全壊し校長など教員三人が死亡した
周囲の家屋千五百戸以上が破壊された
郡山市には七月二十九日に投下された
午前九時三十分に郡山駅構内の操車場が
午前十一時四十分に郡山軽工場（元日東紡）が被弾した

当時これらの爆弾は五トン爆弾と言われたりしたが
のちに長崎に投下する核爆弾を模した
パンプキン爆弾と称する「模擬原爆」だった
投下訓練とデータ採取を目的とする投下だった
一方で七月二十六日にはポツダム宣言を発して
米大統領らは日本軍に対し無条件降伏を要求している

一九四五年八月六日午前八時十五分
広島に核爆弾が投下された
全壊全焼の建造物五万一千以上
爆心地から二キロ圏内はほぼ全滅
年末までの死者は推定で十四万人という
一九四五年八月九日午前十一時二分
長崎に核爆弾が投下された
全壊全焼の建造物約一万三千

年末までの死者は推定で七万人という
一九五〇年までの死者は二市あわせて三十万人に達した
七十年後のいまも後遺症に苦しみつづけている人がいる
七十年後のいまも心の傷に苦しみつづけている人がいる
一九四五年は人類が核の悪用をはじめた第一年である

十

長崎市民が核被爆した一九四五年八月九日
わたしが育った岩谷堂町ではひとりが被弾して死亡した
わたしがいま暮らしている原町では四人が亡くなった

原町だけでなく近隣の町も空襲されて被害者がでた
浪江町で六人、双葉町で一人、富岡町で二人が死亡した
新地村には相馬塩業で働く朝鮮人労働者がいた
二機の艦載機が機銃掃射し爆弾二発を投下した

彼らとその家族たち百人を超える人びとが被害に遭った
近所に住む目撃者によると
十四、五人が即死したうえ多くの負傷者が病院に運ばれた
総数では二十人を超える人びとが死亡したという

翌八月十日の空襲とあわせた二日間での
福島県浜通り北部の相馬双葉二郡の被害者は
死んだ人六十人以上　負傷者三十人以上
焼失した家百戸以上だったという調査がある

一九四五年八月十四日午後十時三十分から
十五日午前三時三十分までの五時間
秋田市土崎の製油所や港湾そして周辺住宅が
Ｂ29爆撃機百三十二機が投下した
一万二千発一、〇〇〇トンの爆弾によって破壊され

死者は二百五十人人以上だったという
第二次大戦最後の爆撃だと言われている

だがこれよりもあと十五日午前九時から十時にかけて
福島県双葉郡の最南端に位置する久之浜を
三機の艦載機が襲っている
妊娠していた二十七歳の佐藤タケさん
駅員で四十八歳の馬上藤定さん
駅員で十九歳の遠藤信勝さん
三人は機銃を浴びて亡くなった
前日ポツダム宣言の受諾を決め連合国へ申し入れたあと
天皇が重大放送をするというその二時間まえの死だ

十一

アジア太平洋戦争による死者のおおよそ

日本　兵員百九十六万人　一般人六十九万人
　あわせて二百六十五万人
　あるいは　兵員二百三十万人　一般人八十万人
　あわせて三百十万人とも言う
中国　千二百二十万人
　あるいは　死傷者三千五百万人とも言う
朝鮮　約二十万人
台湾　三万人以上
フィリピン　約百十一万人
ベトナム　約二百万人
タイ　（不詳）
ビルマ　約十五万人
マレーシア　シンガポール　十万人以上
インドネシア　約四百万人
インド　約百五十万人

オーストラリア　一万七千七百四十四人
日本を除く死者合計　二千百三十万人以上

そのほかの国の第二次大戦による死者
ドイツ　五百五十万人
イタリア　七十八万人
アメリカ　七十万人超
ソ連　二千万人
イギリス　五十万人超
フランス　三十四万人超
ポーランド　六百万人

すべての死者をあわせると
五千八百二十万人を超える人命が犠牲になった

十二

かつて「国体護持」ということばが使われた
国体護持の美名のもとで国民は生贄にされた
過去の事実があきらかにしていることだ
いま「存立危機事態」ということばが使われている
「存立危機事態に直面するもの」とはなにか
それはおそらく「国家」というものであろう
いや「国家」という名を借りて
そこに寄生している一群の人びとであろう
その存立危機事態に対処しようと開戦するなら
短期間の限定的な戦争を意図したとしても
戦争は相手があってのことだ
たちまち全面的な戦争になってしまう
国民のいのちと暮らしが脅かされ失われる
一般市民はなすすべもなく殺されてしまうのだ

十九歳の女子挺身隊員大原ヨシ子さん
十九歳の駅員遠藤信勝さん
動員されていた十八歳の相馬商業四年生斎藤和夫さん
原ノ町機関区の技師見習だった十六歳の新妻嘉博さん
田の草取りをしていて被弾した十四歳の斎藤隆夫さん
「水飲みでぇ」といいながら死んだ四歳の木幡孝夫さん
お母さん佐藤タケさんのおなかのなかで死んだ赤んぼう
わたしもこのなかのひとりであったかもしれない

ひとのいのちと「国家」の存立と
わたしたちはどちらを選ぶのか

十三

ひとは食べものを手に入れるために
石や骨を加工して刃物や矢尻をつくりだした

素材が銅になり鉄になって刃先は鋭利になった
そんな刃物がひとをひとが殺すための道具となった
これを進化というのだろうか
火薬やダイナマイトが発明され石油が精製されると
それらを利用したさまざまな武器が登場する
拳銃から高射砲や火炎放射器まで
焼夷弾や大型爆弾からロケット弾まで
あるいは移動手段として工夫された乗りものも
戦車　軍艦　戦闘機　爆撃機に改造した
これは人類の進化と言えるものだろうか
ついには核爆弾　核を搭載した大陸間弾道ミサイル
そして核を常置する宇宙ステーション
あらゆるものを殺しあいの道具にしようとしている
ひとはほんとうに賢い生きものなのだろうか

敗戦と教科書の墨塗り

一

その正午を自分の家でむかえた
重大放送があるという
天皇のラジヲ放送があるという
どのようにその知らせを受けたのか記憶はない
母とわたしはラジヲのまえに座った
ラジヲが奇妙な抑揚のことばを発している
　朕深ク世界ノ大勢ト帝国ノ現状トニ鑑ミ
　非常ノ措置ヲ以テ時局ヲ収拾セムト欲シ…
十歳のわたしには理解できなかったが

母は即座に「戦争に負けた」と言った
「終わったのか」との思いがわたしのなかにひろがった

室内の暗さに慣れた眼にまぶしい外光
快晴だ
八月の真昼の光が地上のものすべてを白く灼いている
まぶれもなくそのとき
開戦の日の記憶がよみがえった
三年以上もひそんでいた六歳の記憶がかえってきた
人はなにによってどのように記憶をよび戻すのか

一九四一年十二月八日朝
そのとき眼にし耳にしたことがらをなぜ記憶したのか
一九四五年八月十五日正午
一九四一年十二月八日朝に記憶したことがらをなぜ再生したのか

一九四一年十二月八日朝のことがらと一九四五年八月十五日正午のことがらと
をなぜ記憶は結合したのか
開戦と敗戦と
どちらもラジヲ放送
うす暗い室内から感じたまぶしい外光
これらが記憶を再生させた要因なのだろうか

六歳と十歳の記憶
ふたつの記憶の場所はいまともにあとかたもない
ふたつの記憶は細部までいまもともに鮮明である
ふたつの記憶の意味をいまも問いつづける
だが　それほどのちではないいつの日か
ふたつの記憶はわたしの肉体から離れて
宇宙の底の記憶の墓場をただようだろう

二

戦後になって燈火管制が解除されたのは
一九四五年八月二十日
その二日まえの十八日
内務省は次の指令をおこなった
「占領軍向け性的慰安施設設置」指令を

三

あけがたの半睡半覚の意識のなかで声を聞く
――墨を塗りましょう
――墨を塗りましょう
陰にこもった声が聞こえる
どこかで聞いた声だと思っていると
教室で机に向かっている自分に気づく
ふたりが並んで座る木の机と椅子だ

机のうえには教科書と硯と筆がある
一九四五年秋の国民学校初等科四年二組の教室だ
なぜこんなところにいるのか
まわりを見わたすと
エーゴくんもツネちゃんも
みんな筆を動かしている
――墨を塗りましょう
――墨を塗りましょう
頭のうえから聞こえているのは
担任のK・K・K先生の声だ（ころり　ころげた　木のねっこぉ）
――ジョータ、なにしてるの
――ジョータ、墨を塗りましょう
きのうまでおなじ教科書で教えていた教師の指示を受けて
わたしたちは教科書に墨を塗り
ページを切りとった

教科書の墨塗りは敗戦よりもおおきな衝撃をわたしに与えた
なにによってわたしは衝撃を受けたか
教科書に墨を塗るという行為そのものの異常性は言うまでもない
それ以上にわたしなりの結論では
戦中にその教科書でわたしたちを指導した同じ教師が
ここに墨を塗れ
このページは切り取れ
と指示したことにより強烈な衝撃を受けたのだった
戦中の教師がそのまま戦後も教師として残って
ずたずたにした戦中の教科書を戦後も使用したことに
わたしは衝撃を受けたのだ
わたしはうちのめされたのだ

身震いしてふとわれに返るとベッドのうえだ
十歳からいっきに八十二歳になっている

一九五四年生まれのでかい顔した男がしたり顔して言う
――みなさぁーん　日本をとり戻しましょう！
――墨を塗りましょう！
――前文「日本国民は」の「民」にペケをつけて
「日本国は」と改め「天皇を戴く国家」とつづけましょう
――第一章は「日本国の象徴」の「象徴」にペケをつけて
「元首」と書き換えましょう
――第二章「戦争の放棄」にペケをつけて
「安全保障」と書き直します
ゲームじゃなしにほんものの戦争を楽しめますよぉ
最高指揮官はもちろんわが輩がさせていただきます
・・・・・・・・・・
――第三章「国民の権利」これは全文削除しましょう
いっきに太線で消しましょう
いっきに墨を塗りましょう
ジョータは怒った

——ふざけんな
させていただきます・・・・・・だって
させてなんかやるもんか
太い筆で墨を塗ってやるぞ
たれ目たれ頬の男のでかい顔に
べったりと墨でペケを塗ってやるぞ

国民学校は一九四七年三月五年修了時に廃止となった
B5版ざら紙を縦半分に切断して二つ折りした通信票が
小学校六年一学期だけの通信票だ
カリキュラムが変わったので応急措置というわけだ
でも粗悪な紙質の赤茶けた通信票は
ぼそぼそとくずれて風で吹きとんでしまった
二学期からは初等科六年の教科欄に紙を貼って
国民学校通信簿の使いまわしだった

リンゴ箱のなかの本

中学三年になって間もないころ
一九五〇年六月二十五日　朝鮮戦争がはじまる
前後してこの国はおおきな転換期を迎えた
マッカーサー元帥が年頭の辞で日本国憲法は自衛権を否定しないと言明
マ元帥は七月八日吉田首相に国家警察予備隊の創設を指令
八月十日警察予備隊令公布
十月文部省が祝日に国旗・君が代を奨励する通達
十一月旧軍人の公職などからの追放の解除をはじめる
一方でレッドパージなどで労働者の思想弾圧をおこなう
戦後レジームはこのときすでに崩壊しているのだ

注文服ではなく大量生産の既製服を着る時代に移りかわって
父が営む洋服屋はしだいにはかばかしくなくなった
住み込みの職人たちが次第にいなくなっていった
その空いた部屋の廊下の隅に置かれているリンゴ箱を
ある日のこと好奇心にかられて開けてみた

上のほうにはヒトラーユーゲントの写真集や
アドルフ・ヒトラー『我が闘争《マインカンプ》』が置かれていて
なかには二十冊ほどのおもに詩集や小説があった
いまでも記憶しているのは阿部知二『冬の宿』など
詩集ではしっかりとした造本の千家元麿『蒼海詩集』や
田木繁『機械詩集』や村野四郎『体操詩集』など
活字に飢えていたわたしは手当たり次第に読んだ

なかでもわたしをとらえたのは箱の底にあった三冊の詩集だ
検閲によって内臓をばっさり切除された『中野重治詩集』
箱入りのぶ厚い『小熊秀雄詩集』
表紙から裏表紙にかけて〈鮫〉と墨書された文字が
斜めにおおきくデザインされた奇妙な装丁の金子光晴『鮫』
詩を読んだことのなかった中学生が驚きをもって読んだ

予備知識なしにどれほどの理解に達しえたのか
けれどわたしは『鮫』の作品群に
「ほんもの」だけがもつリアリティーを感じ
なにかを読みとることができたと考えている
直感的な読みとしか表現しようのないこのときの読みは
『鮫』が発信するパルスにわたしの感性が同調できたのだろうか
教師をふくむすべてのおとなたちが
その向いている方向をいっせいに変えてしまう姿を見て

暗く深い喪失感と不信感のなかにいたわたしは震撼した
生きる根拠にしうるにたる確かなものにめぐりあえたと

リンゴ箱の本はどうして家にあったのだろう
父方のいちばん下の叔父が召集を受けたとき
いちばん上に『我が闘争』などを置いて偽装して
文学とは縁のなかった兄である父の家の一隅に隠したのだったろう

『鮫』は二百部印刷したなか売れたのは数十部に過ぎないという
その数十部の一冊がわが家にあったことは幸運かと思う

全方位外交でいこう

転んだことのない人はいないはず
転ぶことはありうること
ありうることは起こりうること
転ぶことはいつかはあること
用心するに越したことはない

想定外ということばが使われた
想像力がなかったり
思いこんでしまったり
考えることをしなかったり

そんなことの結果として恥ずかしげもなく
責任ある立場の人びとが使った

思いがけないことがあっても
思いがけないことを予測さえしていれば
思いがけないことではなくなるはず
敗戦を想定して開戦するのはばかげている
戦争をしようというからには
勝利を想定してのことだろう

十五年戦争を始めたときにはおそらく
想定外の幸運に恵まれた日清日露戦争と同様
短期間で勝利できると目論んだにちがいない
五億人以上が住む二十五倍以上も広い中国に
日本軍は百五十万人ほどを派兵した

想定外の抗戦のなか無謀にも戦線を拡大した

帝国海軍がホノルルの米海軍基地を攻撃するまえ
その一時間五十分まえに大東亜戦争は始められた
日本時間一九四一年十二月八日午前零時四十五分
海軍艦船の支援をうけた帝国陸軍第二十三旅団は
マレー半島コタバル海岸への上陸作戦を強行して
八百五十名を超える死傷者を出している

なぜマレー半島コタバル海岸なのか
中国との戦争を継続するためには
マレー半島　スマトラ島　ボルネオ島など
東南アジアの石油が必要になったのだが意に反して
制空権も制海権もアメリカ軍に掌握されてしまう

そんなわけで国民学校初等科四年のぼくらまでが

おおきな松の根を唐鍬で掘られた
乾溜して松根油をつくるのだという
松根油ならぬ脂汗がからだじゅうから噴きだし
痩せて非力なぼくは厭戦主義者になった

秦の范雎《はんしょ》は「遠交近攻」を唱えた
遠国と同盟を結び背後から牽制させながら
近国を攻撃する外交政策を言う
戦国時代の知恵として考えだされたのだが
強大な近国に対しては通じない策略だろう

絶対に起こってはならない事態がもし起こったら
それは破局であり終局である
絶対に起こってはならない事態を招いてはならない
それでも不測の事態が起こるかもしれない
ありうることは起こりうることだ

絶対に起こってはならない核災が発生した
想定外を想定できなかったことが原因だった
戦争にしてもおなじことが言えよう
神風が吹かなかったのが想定外だったと言い訳するか

日本の二十五倍以上も広い国土に十二億人が暮らし
世界第三位の軍事力を保有している中国をまえに
借金大国の翼賛議会が年々増額している軍事費は
むだ金になるとしか想定できない

身のほどをわきまえて
「遠交近攻」ならぬ「遠交近交」こそが
つまりは全方位外交こそが
国民のいのちと暮らしをまもり国土を荒廃からまもり
世界じゅうの人びとと地球とにやさしい政策だ

おもな資料

金子光晴『鮫』（一九三七年・人民社）、『落下傘』（一九四八年・日本未来派発行所）

読売新聞社『復刻版新聞太平洋戦争』上巻（一九七〇年・秋元書房）

松本清張『昭和史発掘』（一九七二年・文藝春秋）

和田多七郎『ぼくら墨ぬり少国民　戦争と子どもと教師』（一九七四年・太平出版社）

明石博隆ほか編『昭和特高弾圧史5』（一九七五年・太平出版社）

鶴見俊輔『戦時期日本の精神史　一九三一―一九四五年』（一九八二年・岩波書店）

北河賢三『国民総動員の時代』（一九八九年・岩波ブックレット）

歴史学研究会編『日本史年表　増補版』（一九九三年・岩波書店）

前田哲男編『岩波小辞典　現代の戦争』（二〇〇二年）

シリーズ日本近現代史全10巻のうち特に第5・6・10巻（二〇〇七・一〇年・岩波新書）

中村政則ほか編『年表　昭和・平成史』（二〇一二年・岩波ブックレット）

前坂俊之『兵は凶器なり　戦争と新聞 1926―1935』（一九八九年・社会思想社）

安田将三ほか『読んでびっくり朝日新聞の太平洋戦争記事』（一九九四年・リヨン社）

水木しげる『コミック昭和史』全8巻（一九九四年・講談社文庫）
川島高峰『流言・投書の太平洋戦争』（二〇〇四年・講談社文庫）
戸田金一『国民学校　皇国の道』（一九九七年・吉川弘文館）
戸井昌造『戦争案内　ぼくは二十歳だった』（一九九九年・平凡社ライブラリー）
狩野美智子『バスクとスペイン内戦』（二〇〇三年・彩流社）
坂野潤治『昭和史の決定的瞬間』（二〇〇四年・ちくま新書）
原奎一郎『ふだん着の原敬』（二〇一一年・中公文庫）
伊藤真『赤ペンチェック自民党憲法改正草案』（二〇一三年・大月書店）

＊

二上英朗編著『原町空襲の記録』（一九八二年）
山崎健一編『学徒動員から40年』（一九八五年・福島県原町高等女学校第17回生）
『双葉史学』第16号（一九九〇年・双葉高校史学部）
森鎮雄ほか編『原町戦没航空兵の記録』（一九九八年・白帝社）
『原町市史6近代　資料編Ⅳ』（二〇一二年・南相馬市）

あとがき

　この国では、もはや議会制民主主義は壊滅に瀕して、国民主権の存続が危うい状況にある。この詩集の一篇「生まれたころ」に書いた一九三五年前後の状況を既視体験《デジャ・ビュ》しているかに思えてならない。十歳で敗戦をむかえたわたしは、おとなたちに対して「あのとき、あなたたちはなにをしていたのだ」との思いを抱いたのものだが、現在の事態は、のちのちの世代にわたしたちが「あのとき、あなたたちはなにをしていたのだ」と批判され非難されるにちがいない。

　この詩集の作品は、『いのちの籠』『詩人会議』『ル・ファール』『新現代詩』『福島自由人』ほかに発表した作品を大幅に改稿したものである。多くの資料を用いたが、いちいち註を付すことは煩雑になると考慮して、巻末に「おもな資料」として一括表示した。
詩集として一冊にすることをつよく勧めてくださったコールサック社鈴木比佐雄代表に、深甚の謝意を申しあげる。

二〇一七年、梅雨のさなかの六月二十三日

若松丈太郎

著　者　若松丈太郎（わかまつ　じょうたろう）
1935年　岩手県奥州市生まれ。
詩　集　『夜の森』『海のほうへ　海のほうから』『いくつもの川があって』『越境する霧』『峠のむこうと峠のこちら』『北緯37度25分の風とカナリア』『ひとのあかし』『わが大地よ、ああ』『若松丈太郎詩選集一三〇篇』
論　集　『イメージのなかの都市　非詩集成』
『福島原発難民　南相馬市・一詩人の警告 1971年〜2011年』
『福島核災棄民──町がメルトダウンしてしまった』
所　属　日本ペンクラブ、日本現代詩人会、福島県現代詩人会、戦争と平和を考える詩の会、風刺詩ワハハの会、北斗の会
現住所　〒975-0003　福島県南相馬市原町区栄町1-109-1

石炭袋

詩集『十歳の夏まで戦争だった』

2017年8月15日初版発行
著　者　若松丈太郎
発行者　鈴木比佐雄
発行所　株式会社 コールサック社
〒173-0004　東京都板橋区板橋 2-63-4-209
電話 03-5944-3258　FAX 03-5944-3238
suzuki@coal-sack.com　http://www.coal-sack.com
郵便振替　00180-4-741802
印刷管理　（株）コールサック社　製作部

装丁　奥川はるみ

落丁本・乱丁本はお取り替えいたします。
ISBN978-4-86435-302-1　C1092　￥1500E